청어詩人選 431

연리지 되어

황귀옥 시집

도서출판
청어

연리지 되어

황귀옥 지음

발행처   도서출판 **청어**
발행인   이영철
영업   이동호
홍보   천성래
기획   남기환
편집   이설빈
디자인   이수빈 | 김영은
제작이사 공병한
인쇄   두리터

등록   1999년 5월 3일
          (제321-3210000251001999000063호)

1판 1쇄 발행 2024년 2월 25일

주소   서울특별시 서초구 남부순환로 364길 8-15 동일빌딩 2층
대표전화 02-586-0477
팩시밀리 0303-0942-0478
홈페이지 www.chungeobook.com
E-mail   ppi20@hanmail.net

ISBN   979-11-6855-228-9 (03810)

본 시집의 구성 및 맞춤법, 띄어쓰기는 작가의 의도에 따랐습니다.

시인의 말

우리는 살아가는 동안 책을 통해서,
누구를 만나느냐에 따라서
꿈을 꾸기도 하고, 변화되기도 합니다.

첫 출산 후, 몸이 아파
10여 년간 거동을 못 하고 있을 때
위로해 주신 시인 선생님이 계십니다.
실의에 빠진 나에게 남편과 딸에게 보내는
편지를 숙제로 내주셨죠. 그때 시작한 글이
지금의 시집을 엮게 한 원동력이 되었습니다.

언어의 날개 하나하나가 제 살과 피입니다.
부끄럽지만 머무르고, 행복했던 순간들
한군데 모아 놓고 보니 남편과 딸의 얼굴이 떠오릅니다.
또한, 많은 도움을 주신 주위 분들 한 분 한 분에게도
감사의 말씀을 전합니다.

새해를 맞으며
황귀옥

차례

2부   효녀 심청의 딸

3부　가정

4부   훈장 할아버지

1부

예수님 당신

물 한 모금 먹지 못하고
한 방울 두 방울
링거에 의지할 때
숨 헐떡거리는 나를
일어나게 한 사람

예수님 당신

창밖은 무척이나 춥습니다
까치 한 마리 깍깍
어둠을 밀어냅니다
햇빛은 거실을 건너 안방까지 차지해
남편의 따뜻한 훈기로
피어납니다

물 한 모금 먹지 못하고
한 방울 두 방울
링거에 의지할 때
숨 헐떡거리는 나를
일어나게 한 사람

휠체어를 밀어주고
친정집에 갈 땐
등에 업고 올라갔습니다
강산이 두 번 바뀌도록
참 많이도 업혀 다녔습니다

그는 집이 넘어지지 않도록
벽돌을 차곡차곡 쌓았고
비바람에 지붕이 날아가지 않도록
막아주었습니다

좋다고 하는 곳을 다 찾아다녔습니다
사람들은 말하기를
남편은 성당 가면 예수님
교회 가면 목사님
절에 가면 스님이라고 불렀습니다
속이 숯덩이가 되어도 누구한테
말하지 못했습니다

결혼하기 전에는
대한민국에서 단 한 사람
세계에서조차도 단 한 사람이라고 했던 당신
살아보니 세계에서도 찾아볼 수 없는
하나뿐인 당신입니다
해는 짧고 밤은 깊은데
그 추웠던 밤도 당신이 있어
견뎌내었습니다

이제는 머리에 서리가 내려
살아갈 날도 반환점을 돌았습니다
당신과 함께 환한 등을 잡고
어두운 길을 밝히렵니다

어머니의 오페라

햇살이 헹가래 쳐
초록물 울컥울컥 토해내는 오후

- 누구요?
- 나 셋째라니까
가물가물 목소리가 잘 안 들리는지
어머니는 몇 번이고 되묻고는
- 그래 이 서방은 별일 없지?

- 네가 꼭 일어나야 하는데
- 나아야 할 텐데
땅 꺼지는 한숨 소리가
창문에 안개비로 흘러내린다

- 쌀자루 속에 인삼이 들었다
- 아버지 드시지?
- 네 아버지는 살 만큼 살았다

잔잔한 오월 호수에
거꾸로 얼비치는 격자무늬 시간이
동그랗게 파문을 일으킨다

한의사 장기영 원장님

날이 어두워질 무렵
- 누구 계세요?
딸이 나가서 보더니
"한의원에서 나왔대요"

종합병원을 다 찾아다녀도
더 치료할 수 없다 하고
동네 병원 다 찾아다니며 왕진을
부탁해도 선뜻 아무도 오지 않았어요

남편이 직장 때문에
매일 데려갈 수 없어서 왕진을 부탁하니
이런 분을 도와드려야지 누구를 도와주겠느냐면서
자그마치 만 3년을 무료로 치료해 주셨어요

초등학생 딸이 유리컵에 오렌지 주스를
쟁반에 받쳐 오는 모습을 보고
왕진비를 받을 수가 없다고 하신 한의사 원장님

눈이 오나 비가 오나
대문 현관문 활짝 열어 놓으면
- 누구 계세요?
일주일에 두 번씩 왕진해 주셨고
열이 펄펄 날 때는 수시로 와서
나를 일으켜 앉혀 침을 놓아주셨어요

아픈 사람을 누구든 외면하지 않고
정성껏 고쳐주시니
아무리 멀어도 환자들은 또 찾게 되었지요
오늘도 다리를 질질 끌고 가는 사람
절뚝절뚝 계단을 딛고 올라가는 사람
줄을 잇고 있어요
모두 다 천사 같은 원장님 덕분이지요

봉사하는 시인

-김주혜 시인께

오월이 오면
죽순이 쑥쑥 솟아납니다

성당에 다니려면 성경 공부를 해야 합니다
내가 많이 아프다는 소식을 듣고
김주혜 시인이 우리 집에 와서
성경을 가르쳐주었습니다

내가 성경 공부를 하는 동안
딸이 겨울방학 도중
크리스마스카드를 사서 건널목을 건너다
엎친 데 덮친 격으로 난 교통사고

남편은 나를 돌보랴 입원한 딸을 돌보랴
김 시인은 남편이 안쓰럽다면서
남편에게 줄 편지 한 통을 써 보라고 권했습니다

편지를 읽어 보고는 시 공부를
열심히 해서 시인이 되라고 덕담도 주셨습니다
나는 지금까지도 그 끈을 놓치지 않고
아픈 몸을 뒤척이며 한 편의 시를 쓰고 있습니다
나의 죽순이 쑥쑥 자라나기를 기도합니다

금비녀 할머니

새까만 눈동자에 자줏빛 할미꽃을 보면
금비녀 할머니 생각이 병풍처럼 펼쳐진다

뽀얀 얼굴에 금비녀 금반지 끼고
궂은일은 물론 손에 물도 안 묻히셨다

저녁 밥숟가락 놓고 동네 마실 가셨다가
집에 돌아와 보니 서울에서 아들이 사준
금비녀가 어디에 홀랑 빠졌는지
몸을 뒤져보고 갔던 길을 되짚어봐도
찾을 수가 없었다

할머니는 새벽만 되면
담뱃대에 담뱃잎을 넣어 뽀끔뽀끔 피우시면서
내 금비녀 주운 사람은 횡재했다 횡재

할머니는 내 것이 안 되려니까
올해 일어날 안 좋은 것 모두
액땜한 거라고 하셨다
구부정한 허리를 펴시면서
그늘진 얼굴이 금세 환해지셨다

작약꽃 마을

진홍빛 작약이 하얀 단물을 머금고
한 생명을 탄생시키기 위해
포근한 자궁 속에서 골수까지 주면서
탯줄을 몸에 감고 세상 밖에 나왔다

머리엔 이슬이 내리고
아슴푸레 성근 가지 사이에
잠자던 바람이 일어 하르르 옷깃 여미는

이젠 꽃향기 풀풀 날려
코끝을 자극하여
발을 멈추게 하는 날

작약이 1호 집은 진분홍색
2호 집은 연분홍색
3호 집은 하얀 색
작약꽃 마을에서
반상회 나오라는 방송이 흘러나온다

풍란

고목 나뭇가지 위에
작은 체구 걸터앉아

눈길 닿지 않은 곳에서
물 공기 햇빛과 속삭인다

눈보라가 몰아치고 비바람 불어도
늙은 나무는 부러지지 않고

하얀 꽃잎이 열리고
벌 나비가 찾아오는

꿈 많은 내 빈방에도
그 향기 몰고 오는 어느 봄날

고사리의 하루

호명산 중턱에
수줍게 미소 짓는

햇볕 한 점 들지 않은
바위 아래
차디찬 겨울을 밀고

가녀린 손끝에
붓을 세워 한 획 긋는
산수화 한 폭

오빠의 뜰

사각 창문 너머로 안개비는
부슬부슬 흘러내리고
희미한 불빛 사이로 피어나는
아련한 얼굴 하나

먹기만 하면 체한다고
큰 장닭에 옻을 넣어 먹인 오빠
가슴에 꽃처럼 피어난 열꽃은
주야로 긁는 갈퀴 같은 손

의사 선생님이 보시고는
손을 쓸 수가 없다고
고개만 절레절레 내저을 뿐
말없이 발길을 돌리던
아린 가슴 도려내던 그날
오빠는 끝내 까만 숯덩이가 되었다

꽃잎에 말간 물방울이
노란 자전거 체인에 아픔처럼 감기고
뜰 안 섬돌 아래
백합꽃 붉은 향기로 물들인다

솔뫼 성지

하늘은 높고 맑은 날
목동들이 풀을 뜯으러 당진해변에서
갯벌 해풍이 밀고 온 흰발농게가
악보를 그리고 있다

김대건 신부님이
천주교 씨앗을 뿌린 곳

허한 벌판에 정원을 만들어
겨울 모진 바람이 불어도
따뜻한 온기가 남아 있어
연약한 마음을 사랑으로 채워주는 성지

봄비처럼 땅속 깊이
곱게 스미어 간다

아버지의 거름

앞마당 동백 꽃잎
벌레가 할퀴고 간 뒤
시름시름 앓고 있을 때

아버지께서 나를 끌어안으시며
"아가야 호랑이한테 물려도
정신만 차리면 살 수 있다"
그 말씀이 거름이 되었다

서울에 둥지를 틀고 아버지의 양분으로
깊게 뿌리 내린 동백은 어느새
새싹이 돋아나 가지를 치게 되었다

한평생 아버지를 흡수하여
꽃망울을 맺을 때마다
아버지의 향기로 피어난다

미소 짓는 길

참새가 푸드덕
눈꽃만 바라본다

조금만 아프면
항생제를 밥 먹듯이
아무리 강한 약을 먹어도
말을 듣지 않는다

빨간 불일 때 멈추고
푸른 불일 때 걸어가는
많다 보면 모자람보다 못하니

적절하게 미소 짓는 길
창밖을 서성인다

무지개 여행

아차산 장군바위에
물안개 두 팔 걷어 올려 한강으로 내려가
세계지도를 그리고 있다

얼었던 산과 강은
따스한 봄날이 오면
한 몸이 되어 춤을 출 텐데

형제간에 저마다 돌탑을 쌓는다고
손이 모자라 발길 뚝 끊어졌어도
두더지 막힌 하수도 톡 뚫듯

두 손 잡고 히말라야산맥까지
한 땀 한 땀
무지개 여행길 살포시 열어본다

어머니의 사전

봄바람이 걸어오던 날
양지 바른쪽 넝쿨나무가
곱디고운 얼굴로 살며시 내밀고 있다

눈이 펑펑 내려
꽁꽁 얼어붙은 것 같아도
주저앉지 않고 새싹이 돋아났다

어머니의 허리는 호미처럼 굽었고
앞이 보이지 않아 돋보기안경을
콧등에 걸쳐놓고
전화기를 꾹꾹 누르신다

손가락이 꺾이어도
어머니의 사전이 되어
따뜻한 봄기운이
환하게 웃고 가는 길

연리지 되어

문장대 가는 길섶
나란히 선
참나무와 소나무 연리지가 되었다

언제부터인가
병충해를 이기지 못해
죽 한 숟가락 제대로 넘기지 못하고
일으켜 세우고 눕혀
뿌리 줄기 잎사귀 다른 나무에 의탁해
숨을 쉬고 있었다
버릴 수도 없고
그 인연 어디서 왔기에
두 몸이 함께 만나 한 몸이 되었는지

당신에게서 피를 받고 기를 받아
이젠 거대한 나무로 자랐다
한 몸 죽더라도 그 고통 함께 느끼는
무지갯빛 연리지가 되어
함께 꽃잎을 열고 있다

곳간

가슴팍 바로 밑 오른쪽에
1.2 킬로그램의
덩치 작은 곳간이 있다

탄수화물을 저장하고
단백질이나 당의 대사를 조절하고
해독작용을 하는 간(肝)

때로는 도둑이 들어왔다 잡혀
끌려가기도 하고
꿈틀꿈틀 노폐물을 제거한 뒤
온몸에 영양소 배달도 한단다

오색찬란한 계절을 쟁여두고
제아무리 허리가 가늘어도
침묵만 지킬 뿐
우리 어머니 자화상 같다

굶주림에 시달리는 우주의 끝자락에
힐링 잎이 바람을 일으켜
실핏줄에 자맥질한다

고추 묘

옹기종기 모여 산다
오늘은 고추 묘를 옮긴다

꽃샘추위가 아장아장 걸어와
어린 묘를 흔들 때

막 옮기기 끝낸 고추밭에
햇빛 한 점 없는 지하 방에서
흙과 함께 한 몸이 되어
오순도순 살아간다

옹이만 한 거름이 어디 있으랴

남도 땅 고추밭
햇빛에 일광욕할 무렵

떠난 사람 자리가 발효된다
붉은 고추가 물들어 간다

갈매기 날갯짓

갈매기 무리 지어 날아가다
쉼터에 내려앉는다

부리로 검은 바위를 쪼아가며
실타래처럼 엉킨 지난 일들
하나하나 풀어본다

회오리바람 속에
중심 잃지 않고
푸른 바다 거친 파도 위
힘겹게 날아왔다

노곤한 날개 접고
살랑살랑 꼬리 흔들어 대며

해 맑은 날
둥지 틀어 알을 낳아
떼 지어 다시 힘찬 날갯짓 채비하고 있다

우레

정오의 태양을 따라
길을 나서는 날
우레가 우르릉 쾅쾅
함성을 지르고 있다

온몸이 감전되어
뼛속까지 새까맣게 타들어 갈 것 같은
캄캄한 거리

꽃잎 다 떨어진
줄기에 맥박만 간신히 뛰는데

어서 먹구름 밀려가고
쌍무지개 활짝 폈으면

목련꽃 어머니

겨울을 이겨내고
목련꽃이 탐스럽게 고개를 내밀었어요

어머니는 17세에 꽃가마 타고 시집오셨지요
열네 명의 대식구에 종갓집 맏며느리

새벽에 일어나 베틀에 앉아 베를 짜다가
잠이 와서 이마를 쿡 머리를 쿡
짚신 짜서 신고 물동이로 물 길어와 몇 사람 세수하
고 나면
물은 어디로 가고 짚신만 너덜너덜….

들에 일하다 점심 먹으러 집에 오면
울어대는 아기 젖 주고 나면
먹을 밥이 없어서 뒷마당에
상추 뜯어 배를 채웠다고 하셨지요

시집올 때 가져온 비단 꽃신만 가지고
친정집으로 도망갈까 망설여도

여자는 시집갔으면 그 집 귀신이 되어야 한다는
외할아버지의 말씀을 생각하며 꾹꾹 참고 살았더니

전기 코드만 꽂으면 불이 환하고
꼭지만 틀면 수돗물이 콸콸 흐른다며 어머니는
참 좋은 세상이라고
뜰 앞에 환한 목련꽃 앞에서 웃으시네요

2부

효녀 심청의 딸

매화가 활짝 필 때까지
4살 된 딸아이
나를 휠체어에 태워 다닐 때는
의사 선생님 간호사까지 칭찬해 주셨다

천사 대모
-김행임 대모님

라일락 향기가
바람에 흩어져 날리는 사월

- 누구세요?
어느 날 현관문을 사르르 열고
천사가 들어왔지요

언제부터 아프기 시작했고
어디가 아프냐면서 나를 일으켜 앉히며
- 어쩌다가 이렇게 되었을까?
쯧쯧 혀를 차면서 온몸을 꾹꾹 누르다가
따뜻한 손으로 꼭 잡아주었지요

그분의 향기에
레지오 단원들은 일주일에 한 번씩
우리 집에 오게 되었고
나는 성경 공부를 하여 성당에 발을 담그게 되었어요

천사 대모는 새 차를 사서
나를 성당에 태워 다니고
레지오 활동도 같이하게 되었지요

라일락 향기가 사방에 날리는 사월
천사 대모 꽃향기를
맡아보고 또 맡아본답니다

냄비, 시 낭송하다

산중에 산을 찾아
강원도 인제에 여장 풀고
향긋한 양념 냄새에
군침을 돋게 한다

도마 위에 깍두기 썰어대는
소리에 귀를 열어본다

무 대파 고춧가루 마늘 생강
얼마나 더 버무려야
집 한 채가 죽순처럼 솟을 것인지

하얀 연기 S자 오르다 사라지고
냄비 속 보글보글 세상 이야기
아, 냄비뚜껑은
달각달각 시 낭송을 하고 있다

집들이

하늘을 찌를 듯
자작나무 빼곡한 구병산 숲속으로
친구는 자기 집을 자랑이라도 하려는 듯
손님을 여러 명 초대하였다

차가운 날씨인데도
거실에는 물이 졸졸 흐르고
따스한 바람이 나오고
베란다에서는
봄을 맞는 보라색 꽃이 벙그는 소리
안방에는 서적들로 가득하였다

더운 여름에는 차가운 바람이 나온다고 하는데
이 집은 어떻게 지어졌을까?
자랑할 만하다

아이러브 스쿨

겨우내 장롱 속에서
숨죽이던 블라우스가
핑크빛 꽃잎을 달고 나온다

시르죽은 어깨에 얹어보고
산수유 빛 꽃망울 무늬 박힌
스카프를 긴 목에 걸치고 거울 앞에 서서
마스카라 끝을 다시 한번 손질한다

빛바랜 사진을 펼치니
옆에 단짝이랑 책상에 줄을 긋고
넘어오면 한 대씩

법무사 공무원 경찰 세무사 공인중개사
변호사 직업을 가진 친구들
어디에 둥지를 풀었는지
사각의 모니터 앞에
날개를 나붓이 펴 창문을 열어본다

축제

온 세상이 눈이 온 듯
워커힐 호텔 길목
벚꽃 터널로 들어선다

겨우내 집안에서 신부 수업하는 건지
얼굴 보기 힘들었는데
이제야 살포시 얼굴 내민다

사진작가 몰려들어
카메라들 찰칵찰칵
외눈을 부릅뜨니 무게 잡고 환하게 웃는 벚꽃들

파운데이션 하는 법은 어디서 배웠는지
핑크빛 옷은 누가 만들어 주었는지
가슴이 콩새처럼 콩닥콩닥
어디선가 휘파람새 길게 노래 부른다

민들레

햇살 가득한
아파트 보도블록 틈 사이
조그만 아기 꽃 하나
두 주먹을 불끈 쥐고
환하게 웃고 있다

도심 속 홀로이 자라나
옷은 온갖 먼지투성이

제 살이 떨어져 나가도
원망스러워서 하지 않고

하얀 솜틀 날개 속에
씨앗을 품고
누군가 만나는 날 그려본다

나비 자전거

빌딩 숲 아래 잔잔한 호수
에돌아 온 둘레길 쉼터에
나비가 꽃을 이고

빗살무늬 길 하나
만들어졌다 지워지고
K-POP 소리를 끌고 온 발자국이
물줄기가 포물선을 그린다

하루의 무게를 호수에 내려놓은
5월의 꽃밭

햇살이 날갯짓 따라
꽃향기에 취한 나비 한 쌍

온천장의 아침

까마귀 울음소리에
잠이 깨어
창문을 열고 내려다본다

성냥갑 속에 고이 잠든 성냥개비들
하루의 복잡한 무게를 내려놓고

온천장은 제 몸을 자랑하고 있다

오랫동안 앓았던 상처와 고통을
온천장에서 흘려보내며

밝아오는 아침을 주름살 없이
심호흡한다

호접란

뭉게구름 걷어내고
뙤약볕이 내리는 날
살포시 하늘을 받쳐 든 호접란이
잔치를 벌였나 보다

푸른 집을 짓고 있는 대파 청해
올망졸망 은설
은관을 쓰고 있는 천혜복륜(天惠覆輪)*
하나둘 모여든 이웃들이
앉은 방석 다 내주고

모퉁이로 나앉아도
아랑곳하지 않고
저마다 제 몸이 보랏빛으로 물들어
꽃향기 목에 걸어주는 시간
유리창에는 어디서 날아왔는지
벌 나비가 기웃대는
호접란의 아침

*'하늘로부터 은혜를 입은 복륜'이라는 뜻을 가진 호접란.

효녀 심청의 딸

남녘 땅에는
살갗이 하얀 매화가
꽃잎과 꽃술이 성글어지고 있다

매화가 활짝 필 때까지
4살 된 딸아이
나를 휠체어에 태워 다닐 때는
의사 선생님 간호사까지 칭찬해 주셨다

딸이 초등학교 다닐 때는
엄마가 학교에 한 번도 오지 않아
저녁마다 눈물로 쓴 일기장만도 몇 상자

바싹 마른 나를 우물가에 앉혀 놓고
살만 조금 찌면 최고의 미인이라면서
물을 두레박으로
퍼 올리고 또 퍼 올려주었다

봄바람이 살랑살랑 불어오는데
꽃술을 품은 꽃받침 다섯 개
해맑은 흰 매화가
봐도 예쁘고 또 봐도 참 예쁘다

휴양지에서

성냥갑 속에 잠든 성냥개비처럼
하루의 무게를 내려놓는 시간
밤새도록 베란다 화분에
이제 막 피어나는 풍란이 꽃잎에
이름 모를 벌레의 울음소리가 들린다

상처와 고통으로 얼룩진 꽃잎 같은
내 머리카락을 따뜻한 온천물로 헹궈
아침 햇살에 말릴 무렵

까마귀 한 마리가 창가에 다가와
깍깍 어둠을 밀어내고
내 안의 벌레 먹은 검은 꽃잎 하나를
덥석 물고 날아간다

너와 나의 길

운동하면 저렸던 손가락
쥐구멍 들어가듯 쑥 들어간다

심장이 하루에 수만 번 뛸 때
혈관을 타고 여행하는 혈액

두 다리 쭉 뻗어 잠시 스트레칭한 뒤에
붉은피톨 슬금슬금 기어나와

막히고 얽힌 상처 다독여
막힌 혈관 스르르 풀리듯
시냇물 굽이굽이 흘러가듯
너와 나 연어의 길처럼
물길 하나 살며시 열어졌으면

봉선화 마중

4월이 오면
지천으로 널려 있는 것이 꽃이다

기품이 있어 보이는 매화
긴 팔에 작은 손을 내민 개나리
수줍고 부끄러움이 많다는 진달래
마음씨 푸근한 벚꽃 향내 끌고 가는
친구들이 떠오른다

찬 기운에 아직은 피지 않았지만
풀 향기 코끝을 스치는 여름날

머리와 날개를 펴고
펄떡이는 봉선화가 장독대에서
가슴 붉게 타오른 모습으로
마중 나와 있겠지

꽃길

분홍 물감 쏟아부은 듯
진달래가 온 동산에 길을 내고 있다

꽃과 꽃 사이 찢긴 꽃잎 하나
아물지 못하고 싸락눈만 뿌려댄다
가슴에 피다 만 핏빛 멍울 하나

정녕 나에게도 눈은 녹을 것인지
뒷동산 종달새가 뿌려 놓은
진달래 한 바구니 따다가
붉게 물든 어머님의 젖무덤 속에

찬바람이 지나가고 언 땅이 풀리면
바이올린에 맞추어 다친 목울대를 열고
꽃향기 뿌리면서 꽃길을 나설 것이다

송홧가루처럼

나무 그늘에
고단한 마음을 툭툭 털어버리고
지난 일들이 송홧가루처럼 내려앉은 오월

열꽃은 펄펄
밤이슬 밥 한술 제대로
떠먹을 수 없을 때

어느새 작은 꽃잎이 자라
제 몸에 향기를 품어 보겠다는
작은 꿈이 있었기에

자줏빛 언어로
송홧가루처럼 하늘에 속삭여 봅니다

황금알

어미 품에 안긴 햇병아리
물 한 모금 입에 물고
발걸음 떼기 시작한다

한 땀 한 땀
양지바른 곳에서
콩깍지 터지는 소리가 들릴 때쯤
뜰 안에 암탉이 알을 쑥쑥 낳아

어둠 속에 갇힌 불꽃
황금알 한 알 먹고
빛의 열매 맺을 건지
날갯짓해 본다

모나리자

루브르 박물관이
불볕더위를 울컥울컥 토해내도
튤립 꽃봉오리가
엷은 미소로 나를 반긴다

찢기고 할퀸 상처 다독여
꽃잎과 꽃술을 포개어
앉아 있는 모나리자

우주의 한편엔
발 디딜 틈 없이 밀고 당기고
살아 숨 쉬는 소리를 들으려
까치발로 귀를 쫑긋 세운다

진흙 속의 여인

붉은 연꽃이 꽃물 머금고
두물머리에 우뚝 서 있다

햇살을 의자에 앉혀 놓을 무렵
장맛비 그친 자리

황새가 바람을 불러세워
검문검색을 하는 건지
깃을 털며
물 위를 한 바퀴 돌고 날아간다

질퍽한 웅덩이에서
악취는 목울대에 차올라도
내색 한 번 하지 않고
동그란 연꽃 피우는
진흙 속 발을 담근 여인

수박

나는 얼굴이 갸름하고
속내는 둥글둥글합니다
뱃살이 조금 나와서
세로줄 무늬 옷만 골라서 입습니다

가슴은 떠오르는 태양처럼 뜨겁고
속살은 붉으면서 달콤합니다
나를 아껴주는 사람에게는
주저하지 않고 나를 내보이기도 합니다

지그재그의 겉모양과는 다르게
개방적이고요
내가 좋아하는 사람을 만나면
붉은 속살도 다 내보이고

세포막 동맥 속에 자맥질하여
수많은 생명이
한 무더기별로 뜬답니다

모깃불

한여름 밤 습도는 높은데
찜통 같은 더위에
평상에 앉아 콩죽을 끓여서 먹으면
모기가 뾰족한 더듬이로
적혈구를 유인해 간다

한 푼 두 푼 아끼려고
무거운 것 끙끙
할인판매 찾아다니면서
쌓은 신사임당

고급레스토랑 외제 차 명품 옷
뻥튀기 아저씨까지 등장하여
화학약품 섞인 줄 모르고

세숫대야에 발만 담그면 된다는
찰떡같은 그 말은 어디 가고
냉가슴만 타들어 가네

핸들을 돌려 밤하늘 긴 내를 이루며
흘러가는 은하수 속으로
모기떼 날아가네

3부

가정

나는 일어서기 하루에 3초 이틀 후 6초
드디어 일어설 수 있었다
도마 위에 사과를 놓고
오늘은 반쪽 3일 후 또 반쪽
아픈 손목으로 자르고 깎는 연습 끝에
서걱서걱 깎은 사과를
남편의 식탁에 놓을 수 있었다
새싹이 푸르게 푸르게 자라기 시작했다

가녀린 여인

겨우내 웅크리고 있던
새싹이 돋아나기 시작한다

오래 집에 있으니 누군가가 보고 싶고 어딘가로 가고
싶었다
언니네가 식당을 하니
사람들을 많이 볼 수 있을 것 같았다
남편이 출근하면서 평상에 7시쯤
언니 집 식당 앞 나를 앉혀 놓고 갔다

10시쯤에 식당 문을 여니
평상에 앉아 3시간을 기다려야 했다
보자기에 한약 사과 키위 조금 싸서
그 자리에 매일 앉아 있으니
동네 사람들이 본 것이다

바짝 마른 여자가 남편하고 이혼하고
오갈 데 없는 불쌍한 가녀린 여인
어떤 사람은 엄청 마른 여자가 살만 조금 찌면
데리고 살아도 되겠다고 수군수군

이런 이야기가 언니 귀에 들어가서
몹시 아픈 내 동생이라고 했더니
어쩌다가 저렇게 되었냐고
가족들이 얼마나 고생이 많으냐고
걱정을 많이 해주었다

하루하루 사람을 보는 것이 너무도 기뻤다
내 몸에서도 새싹이 무럭무럭 자라가고 있다

탑 쌓는 날

밀고 밀리던 삼국(三國)이 깃발을 세우던
아차산 중턱에
밤송이가 발 앞에 툭 떨어졌다

퍼런 깃발 펄럭이던
아차산 성벽도 한쪽이 무너지듯
제 몸을 에워싼 날을 세운 밤송이 하나
초록 개벽 한쪽이 툭 터져 뒹군다

그 속에 큰놈은 동쪽 둘째 놈은 서쪽
막내는 가운데서 집을 지키고 있었다

강물의 깊이를 알 수 없듯
사람의 마음도 알 수 없다
어느 날부터인가 그 작은 공간에서

너와 나는 보이지 않은 가시 벽을 쌓아
제 몸을 키워도
너의 향기는 나에게 하늘이 되었다

한 발 한 발 바위산을 올라
누군가 던진 돌멩이들이 탑으로 세워지는가
오늘도 차곡차곡 탑을 쌓듯이
가슴에는 큰 성을 키운다

사임당 어머니

아차산 등산로 초입
톡 톡 깨 터는 소리 들린다

강 건너 강낭콩이
가뭄과 폭풍을 밀어내고
푸른 깃발 흔드는 서리 바람 소리

어머니는 단칸방에서
발 한번 제대로 뻗어보지 못했지만
아이들은 서로를 의지하면서
제 몸을 키워낸다

굽은 허리 추스르며 뽑아놓은 콩 넝쿨에서
어느새 톡톡 튀는 콩알이 깻단을 쏘아
깨알 스스로 떨어지는 소리에
어머니는 또 울먹이신다

보길도 갈매기

햇빛이 반짝이는 잔잔한 풍광
서쪽 하늘 낮달 사이로 제트기가
창살 같은 길 하나 만들어졌다 지워진다

어디서 들려오는지
어부사시사가 연뿌리를 흔들 때

낡은 별장에 뒹구는 동백꽃 잎에
벌레가 갉는 소리가
아삭아삭 들려온다

도선에 앉아 풍류 하던
얼룩진 상처가 여울져 가고

심장이 타들어 가
벌레 먹은 검은 꽃잎 하나
갈매기가 덥석 물고 날아간다

호미 어머니

경사진 밭떼기에
비름나물 강아지풀 일광욕하고
밭이랑 넝쿨 젖히면
고구마는 왈칵 눈물을 쏟아낸다

햇볕 한 접 들어오지 않은 어둠의 땅속에서
맑고 푸른 하늘을 그리면서
가뭄과 홍수를 견디어 내었던가

여름에 더위를 견뎌야 열매를 맺듯
피땀의 푸른 결기로 땀을 물들이고
토실토실한 씨알을 다독이신 어머니

검은 머리엔 이슬이 내리고
손은 쩍쩍 갈라지고
척추는 'ㄱ'자처럼 호미가 된
어머니가 지나간 이랑엔 푸르게 길을 낸다

제 몸을 끌고 가는 것은
땅이 아니라 날마다 땅에 닿도록 휘어져
손끝에 오늘도 땅의 가뭄을 찧고 있는
어머니 두꺼비 손가락이다

나는 안다
뙤약볕에 땀이 범벅되신
어머니 등허리의 푸른 힘을

풀피리 친구

빨갛게 익어가던 감이 뚝 떨어집니다
푸르게 열매 맺을 때쯤
어머니 여의고 가뭄에 고갈될 듯
굶주린 세월 다독여 가면서
자식 농사까지 잘 지어
남들의 부러움을 사던
풀피리 친구

이제는 한 줌의 재가 되었지만
후후 불면 불씨가 살아나
산 하나 발갛게 태울 것 같은
물오른 냇가에서
개울둑 흔들던 풀피리 소리 들리는 듯합니다
강둑에서 몰랑한 홍시는 저 홀로 익어갑니다

횃불 기도

별이 떨어졌다
39.5도 올라갔다 내려갔다
열꽃이 떨어지지 않는다

오로지 재잘거리던 둥지나
쩍쩍거리던 참새들 위해
한평생 보약 한 번 먹지 않고
건강하게 살아온 남자

재산 탕진하고
딸 골수까지 이식하였지만
모든 것 다 버리고
반짝반짝 빛나던 한 생이
어둠에 시달리는 길
백혈병 이름표 달고
하늘나라에 횃불로 솟아나
골짜기까지 환히 열어주길

춤추는 오리

잔잔한 호수에
오리 한 마리 물 가르며
노를 저어 나아간다

호수를 시 선지인 양
붓을 세워
꾹꾹 갈지로 써 내려간다

모든 것 다 해준다고
화려한 깃털 다듬어 유혹하지만
이따금 초록 물 한 모금 물고
하늘 향해 맹세하듯 조아린다

나와 눈이 마주치자
호수를 빙빙 돌며
동그라미 그리는 그 사람

털갈이하는 계절에
물속을 한동안 더듬고 나와
붕어라도 한 마리 건져냈는지
온 가족이 꼬리를 물고 춤사위 하고 있다

책 읽는 여자

한 그루의 책이 있다
뿌리 줄기 잎맥까지 왕성하여
그늘이 되어준다

허기가 질 때는
하늘에 구름을 불러
한 입 베어 물고 내 안에 한옥도 짓고
때로는 빌딩도 세우고
아무리 많이 먹어도 체하지 않아
가슴 한쪽 우주가 꿈틀댄다

시원한 향기를 내 뿜는 날
새 떼들 허전한 들판 우르르 몰려들어
한 톨 모이를 그러모으는 날개
저 부리 콕콕 쪼아 길을 낸다

가정

새싹이 돋아났다
찬바람에 살갗이 텄다

눈을 뜨면 아침에 일어나
언니 집에 가는 것이 기뻤다
언니는 식당을 하고 있어서 항상 바빴다
나도 가만히 있느니 마늘이라도 까주면
시간도 잘 가고 밥맛도 날 것 같았다
며칠 마늘을 까고 나니 팔목이 아프더니
온몸으로 번져서 밥숟가락도 못 들었다

남편이 언니 집에 찾아와서
미국으로 발령이 났다면서
나를 어떻게 해야 할지 걱정하더라는 것이다
아픈 동생은 내가 책임을 질 테니
딸 데리고 가서 공부시키고 좋은 사람 만나서
재혼하라고 언니가 권했다

아픈 사람 놓고 가면 벌을 받을 것 같다고
내 복이 이것뿐인데
다른 사람 만난들 복을 받겠느냐고
출세하는 것도 중요하지만 가정이 더 소중하다며
남편은 미국 파견근무를 접었다

나는 일어서기 하루에 3초 이틀 후 6초
드디어 일어설 수 있었다
도마 위에 사과를 놓고
오늘은 반쪽 3일 후 또 반쪽
아픈 손목으로 자르고 깎는 연습 끝에
서걱서걱 깎은 사과를
남편의 식탁에 놓을 수 있었다
새싹이 푸르게 푸르게 자라기 시작했다

며느리

초록 치마에
연분홍 저고리 입은 코스모스가
한들한들 춤사위 하는 강둑에서

척박한 땅 가뭄과 태풍에도
견디어온 앙다문 입술

부르튼 발뒤꿈치 피멍울 들어있고
이따금 굽은 허리 곧추세워
불평 한마디 없는 가녀린 며느리

강 건너 가을바람이 밀려오는 꽃구름 안고
우주의 새 생명을 수줍게 꽃피운다

농익어 가는 날

푸른 잎사귀에 숨어지내던
꽃 하나 돋아나서
얼굴 환한 화색으로 돋아납니다

차츰 세월이 지나면
마음 고운 사람은 예쁜 얼굴 내밀지만
갈퀴손 가진 사람은 사납게 보입니다

바람의 길을 막고
출렁이고 부대끼지만
오늘 하루도
내가 가는 길이 그렇게 농익어 가는 날

수수, 벙글다

삼년산성 초입에
한 여인이 서 있다

발자국마다
핏빛 지문 찍어 놓고

남루한 옷에
손가락이 뭉그러져도
온종일 구름을 이고
고개를 넘는 어머니

성을 쌓듯
붉은 씨앗이
어머니의 가슴에 매달려
수수가 벙근다

*벙글다: 아직 피지 아니한 어린 꽃봉오리가 꽃을 피우기 위해 망울이
생기다.

은행잎

희미한 불빛 사이로
여섯 손가락이
대롱대롱 매달려
손짓하고 있다

칼바람이 불어오고
혹한기가 찾아와
가슴을 헤집어도

바람이 오케스트라 지휘하는
밤낮없이 음표들이 춤을 추는
은행나무 합창단

어둠을 머리에 이고
희붐한 새벽이 되어서야
이슬의 깃을 잡고
노란 시어들이 흩날린다

대추, 훈장 받다

대추 축제 끝자락
탱글탱글한 대추가
맷방석에 누워있다

무더운 땡볕과
천둥 번개가 내리쳐도

정을 나누어
얼굴은 점점 붉어졌다

어둡고 험악한 시간
의자에 앉혀 놓은 당신

비포장도로를 달려오느라
뽀얀 먼지 툭툭 털어내고

해 질 녘 주름진 얼굴
훈장 받았다고
어깨가 들썩인다

우편 한 통

찬바람이 몰고
귀한 손님이 책상 위에
턱 앉아있다

누런 포장 겉옷 벗겨보니
지난가을
백일장 수상작 모음집 한 권

푸른 잔디밭에서
별빛 같은 눈동자들이 모여
연필 꼭꼭 눌러쓰던 날에

희망과 좌절 뚫고 지나면
커브길 나타나기도 했는데

거친 삶 곱씹으면서
반짝반짝 다투어
반짝이는 별빛처럼
책갈피 속에 파도를 타고 있다

불볕 어머니

뙤약볕이 똬리를 틀은
고추나무 양어깨에
붉은 고추가
재롱을 부리고 있다

핏기 한 줄 없는
창백한 얼굴
거친 숨소리 할딱거려도

속내 드러내지 않고
동당 걸음 하신 어머니
붉은 고추 따시던 갈퀴손으로
아들내미
좋은 대학 좋은 학과 졸업하고
대기업 부장까지 올라가고

선홍빛 S자 몸매 아내 얻어
명품 신발 하나 들고
고향을 찾아가는 날엔

어머니 입가 골 깊은 주름이
활짝 펴시겠지

단풍잎

빨강 단풍잎들이
생의 절정으로 가고 있다

수분이 날아가고
혈압까지 올라

삶에 부대끼고
지치는 날에도

핏줄에 펌프질하여
온몸으로 지구의
두 바퀴 반을
심장을 돌리면서

당신 안에 뜨겁게
아름다운 빛으로
물들어 가고 있다

김치의 노래

속이 꽉 찬 노란 배추가
초겨울 소금에 풀이 죽는다

칼칼한 고춧가루
시원한 맛 내는 무
마늘을 찧고 다지며
눈물 콧물 찔끔찔끔 훔치는 날에
부글부글 속이 타도
가슴 쓸어 품어

표피마다 쓰린 살을 비비며
온몸으로 감싸 숙성시킨
세상맛 아삭아삭 발효되어
흥얼흥얼 콧노래 부른다

고향 집

돌계단 스물다섯 개 헉헉거리고 올라가면
안채가 있고
아래채는 빗살무늬 되어 서 있다

언덕에는 감나무 밤나무 유자나무
살구나무 앵두나무 산초나무….
탱자나무는 울타리 나무

앞마당에는
이끼 낀 절구
얼굴이 누런 난초와 머리가 터벅터벅한 쑥이
작은 마을을 이루고 있다

뒷마당에는
잡초들만 무성하게 자라
족제비 고양이 야생동물의 침대가 되었다

엄마는 이 집에서
시할머니 시부모 시누 시동생 우리 7남매까지
건사하느라 손에 물 마를 날이 없었다

지금은 아무도 반기지 않은
녹이 슨 자물통만 입 꼭 다물고 있다
유년 시절 고향 집은 없다

4부

훈장 할아버지

솔잎이 불에 익어가는
구수한 생선의 속살처럼
내 안에 들어와 녹는 할아버지의 향기

수영장 소동

새싹이 자라 잎새 잎자루가 형성된다
광합성 작용을 하며 필요한 양분을
만들어 간다

나는 겨우 일어설 수 있어서 목발을 짚고 수영장에 갔더니
바짝 마른 폐병 환자가 왔다고
쫓아내야 한다고 사람들이 쑥덕쑥덕

마침 나에 대해서 잘 아는 분이
저 사람은 첫 애를 낳고 난 뒤로 아팠다면서
만약 이상이 있으면 자기가 책임을 다 진다고 해서
수영장 소동이 마무리되었다

그 뒷날 딸이 수영장에 찾아와
엄마에게 살뜰하게 살갑게 하는 것을 보고 난 후
수영장 엄마들이 우리 집에 자주 놀러 왔다

우리 집에 간다고 하면
며느리 보고 싶어서 가느냐고
웃음소리가 데굴데굴

푸르게 자란 잎들이 어느 틈새
눈부신 진초록으로 짙어졌다

원반 던지는 사내

지구촌 불꽃 틔우는
런던 올림픽

한 청년이 육체미를 보여 주듯
그곳을 가렸던
나뭇잎도 벗어던지고

첨단 단위 기록을 측정하기 위한
계기 앞에 선수들이 다가서 지문 찍고
비상을 꿈꾸는 저 사내

부정부패는 남발해도
검사할 측정기는 없는 건지
텔레비전이 시끄럽다

성공과 도전을 겸허한 자세로
온몸으로 보여 주는
원반 던지는 저 사내
몇백 년을 던지지 않고
아직도 예비 동작이다

눈을 밟다

어머니 모시고 안과 가는 날
함박눈이 펑펑 내려 앞이 보이지 않는데
아버지와 어머니는 우산을 받쳐 들고 가신다

꽃다운 나이에 만나
자식까지 키우느라 활짝 피기도 전에
모진 세월 이기면서
90세가 된 고목은 바람막이가 되셨는가?

허리는 굽어 있고 숨 가쁜 소리만 쌕쌕
귓전을 때린다
수북이 쌓인 눈을 밟으며
터벅터벅 걸어가신다

어머닌 우산 같은 세상을 받쳐 들고
하얀 세상 골목을 돌아 유리문을 연다
환하다
잿빛 하늘 걷어내고 한 줄기 햇빛 세운다

바이러스 탈출기

목 안에 찰싹 붙어
영양분을 빨아 먹는다

목울대에서 슬픈 거문고 울리고
코는 맹 매미 우는 소리에
입맛도 뚝 떨어졌다

안 먹으면 장사가 없다고 하는데
죽은 사람도 살리는 홍삼이
오장육부 다독일 즈음
몸에 찰싹 달라붙어
이불 걷어 올린 바이러스

적혈구 백군과 백혈구 청군이
연합작전으로
무릎 꿇고 죽을죄를 지었다고
두 손 들고 줄행랑친다

해빙

남한강과 북한강이 서로 만나
커다란 유빙이 되어
서해로 흘러가고 있다

반세기가 넘었어도
얼어붙은 하늘은 풀리지 않아
날아가지 못하고
6·25 때 잠시 몸을 피한다는 것이
피맺힌 세월이 흘러
형제 잃은 새 한 마리 되어
자유 전망대에 앉아 울먹이고 있다

북녘땅도
따스한 봄날이 되면 해빙이 되어
백두산 둘레길
굳게 닫힌 철문 활짝 열 것인지

과녁판

부푼 기대 속에
설계했던 화살은 날카로웠다

꽂히고 찢기며 벗어나면서
헝클어진 인생의 행로 속에
한 해를 마무리하면서
동틀 녘 쏜 화살은 지금

과녁판 중앙
꿈의 궁전을 향하고 있다

눈 오는 날

눈꽃이 리듬에 맞춰
사뿐사뿐 내려오고
아무도 밟지 않은 하얀 산자락에

발목은 푹푹 들어가고
턱까지 차올라
헐떡대는 나무들의 거친 숨소리

유리창 틈새로 들어오는 빛 따라
뾰족한 옹이처럼 살아온 길

온 세상 하얀 눈이 내려 덮어버렸다

가슴이 하얀 산

휘파람새

동장군이 산비탈에
가슴을 헤집는
섬 하나 유람선처럼 한강에 둥실 띄워
신사임당 쌓는다는 그 말은
여물에 휩쓸려 갔지만
행여나 밀물에 떠밀려 오려나
저 혼자 출렁댄다

제 몸속 독버섯처럼 자라나는 날에는
휘파람새 날아와
손바닥 위에 사뿐 앉아 휘파람 휘리릭 불고
강둑 넘어 새 한 마리
윤슬 한 입 덥석 문다

화해

산자락 눈이 꽁꽁 얼어
따뜻한 햇볕에 골이 깊은 곳에서
얼음장 밑 물소리 들린다

한동안 소식도 없이
발길 뚝 끊어졌던 것이
형이 먼저 양보하니
동생이 감동하여
하염없이 눈물을 흘리고 있다

형만 한 아우 없듯이
웃음꽃 피는 가정
튼튼한 궁전 세우고 있다

칼바람 기침 소리에
절벽 끝 창 같은 고드름이
산의 심장에 꽂히는 소리에
봄 화신이 대문을 살포시 연다
화들짝 문을 다시 닫는다

훌훌 깃을 털고

꽁꽁 얼어붙은 산행길
강산이 두 번 바뀌도록
새장 속에서 그저 모이만 쪼아 먹다

세상 밖으로 나가다
후들후들 떨리는 다리로
가풀막을 조심스럽게 내려가는데
의지하던 지팡이도 튕겨 나가고
사정없이 미끄러진다

삼두박근 근육질 늘려
다시 새장 속에 새가 되어
꼭꼭 갇혀버렸다

붉은 능금 한입 물고
발딱 일어나 훌훌 깃을 털고
날아가고 싶다

압력밥솥

묵묵히 바라만 보다
가슴을 활짝 열고
하얀 속살 드러낸 쌀이
사르르 눕는다

비밀이 누출되면
아름다운 몸매관리 비법이 새어나가니
품에 안기면 알게 된다고 한다

따뜻한 온기에 뱅글뱅글 춤사위에
하모니 되어 S자 그리며
허공에 길을 낸다

뜨거운 수증기 속에 감당할 수 없지만
참고 견뎌낸 육체미
얼굴은 반지르르 기름기가 잘잘 흐르면서
새로운 세기를 여는 순간
기능성 미인의 전율이 흐르고 있다

어디서 무엇이 되어

샘물이 솟아올라
뾰족한 돌에 부딪히기도 하고
움푹 파인 웅덩이에 빠져들기도 하면서
강물을 이루고 큰 바다와 만나듯

동네 뒷동산에서 뛰놀던 옛 친구들
읍내에서 만나고 한양에서 만나면서
세계 곳곳에서 만나게 된다

한때는 즐거운 일 궂은일
인상 찌푸리는 일도 있었지만

지나고 나면 아무것도 아니고
어디서 무엇이 되어 다시 만날 수 있기에
풀 한 포기 생명도 소중히 여기며
오늘도 아름다운 숲길 웃으며 걷는다

겨울에 피는 꽃

푸른 초원 위에
양 떼들
한가로이 풀을 뜯고 있다

북녘땅 동포들
칼바람에 벌벌 떠는
앙상한 나뭇가지만 같아

빗장 지른 철조망 덜커덩 열리면
동짓달에도
아버지 무덤에는 새 눈이 돋아
땅속에서 울음소리 들리겠다

뼈만 남은 여자

한강 둔치에 잎을 떨군 버드나무가
앙상하게 서 있다

뼈만 남은 여자가 한동안 강아지만 데리고 산책을 한다

아파트 입구 채소 파는 가게에서
채소를 이것저것 물어보고 있던 어느 날
차 창문을 열며 여보 하고 남편이 불렀다
나는 손짓을 하면서 얼른 집에 가 있으라고 했다

다음 날 채소 파는 아줌마는
남편이 있나 보구려 하며 눈이 휘둥그레

며칠 후 딸하고 같이 가는 것을 보고
동글동글 딸도 있나 보네 하며 더 크게 휘둥그레

뼈만 앙상한 여자가
강아지를 항상 데리고 다니니
혼자 사는 여자인 줄 알았는데
좋은 남편 예쁜 딸이 있는 줄 몰랐다면서
깜박 속았다고 했다

뼈만 남은 여자도 남편과 딸 강아지
부족한 부분을 채워 가면서 알콩달콩 살아가고 있다

달리는 기차

기차는 가슴에
별꽃 안고 달려왔다

자욱한 안개가 앞을 가리고
진눈깨비가 뿌려대는 날에도
줄기차게 달려왔다

간이역에서
나뭇가지가 부러지기도 했고
황금알을 품기도 했는데
별꽃이 떨어지기도 했다

한해가 서서히 기우는 철길 위에
곪은 것은 도려내고
알맹이들만 주섬주섬 주워

밝아오는 날
푸른 꿈을 가득 싣고
레일 위를 또다시 달릴 준비 한다

은반 위의 백조

별꽃이 쏟아지는 소치동계올림픽
백조 한 마리
은반 위에 선율에 따라
두 팔을 넓게 펴고
트리플악셀 뛰어넘는다

얼음 녹아내리는 듯
사뿐 내려앉는 시간
외발로 미끄러져 간다

우주의 눈망울을
삽시간에 삼키며
멋진 피날레를 찍는가?

독도여

한반도 동쪽 끝자락에
갈매기 떼 포물선 그리며
나래를 펴고
단군 할아버지 나라
태극기 움켜쥐고 펄럭이고 있다

이웃 섬나라 함대가 접근해
자기네 땅이라 기웃거리면
단군 할아버지 큰기침 소리에
누구도 넘볼 수 없는 우리 땅

유구한 역사를 돌아보며
손에 손잡고 민족정기 되살려
모두가 행복하고 평화롭도록
서로가 힘을 모아
우리 무궁화 꽃피우자

독도는 우리 영토
홍익인간 민족혼이 숨 쉬는
값진 땅
오천만의 붉은 피가 영원토록
끓어오르는 애환의 용광로
독도여

아버지의 풍경 소리

생김에 굴을 넣고 끓인다
까끌까끌한 밥알도
시원하게 잘 넘어간다
아버지의 얼굴이 떠오른다

아버지는 전화 요금 때문에 아침 5시면 일어나신다
서울의 김 시세를 알아보고는
단번에 수화기를 놓으신 아버지
밤이 되면 트럭에 김을 가득 싣고
하동에서 서울로 올라가신다

머리가 새까만 김은 전국적으로 시집을 잘 갔는지
일주일이면 아버지는 집에 오셨다
핼쑥한 얼굴 까칠한 손과 귀가 얼어서 퉁퉁 부어있고
신데렐라가 그려진 책가방 속에는 노트 연필 지우개…
부대를 부으면 돈다발이 와르르… 쏟아졌다

아버지가 가실 때는 수의만 입고 빈손으로 가셨다
아버지가 살다 가신 집도 이젠 빈집이다
앞마당 뒷마당 잡초들만 무성하다
파란 하늘 흰 구름 아래 아버지의 추억이 매달려
풍경 소리처럼 소곤거린다

훈장 할아버지

아차산 능선
칼바람이 가슴을 헤집는다
누런 솔잎이 사락사락
내려앉는다

솔잎이 불에 익어가는
구수한 생선의 속살처럼
내 안에 들어와 녹는 할아버지의 향기

할아버지는 창호지 문에 유리를 달아
쪽 유리로 내다보셨다
긴 수염으로 에헴 기침하시면
뒷산에서 갈퀴로 긁어온
솔잎을 내동댕이치고
나는 무서워서 도망가곤 했었지

동지섣달 긴 밤에 나를 앞에 앉히고
내 이름과 사는 마을을
한자로 머리에 넣어주신 훈장 할아버지

"여자도 많이 배워야 한다"
지금도 할아버지의 가르침을 새기며
종이와 연필 마음이 함께하며
뚜벅뚜벅 걸어가고 있다

바이올린 켜는 여자

찌는 듯한 무더위에
매미들이
높은음자리에 앉아
조금만 건드려도
눈물이 뚝뚝 떨어질 것 같다

내달리기 시작하면
큰소리로 내질러지기도 하는
바이올린

현과 활이 마주 본
눈동자들이 지친 나날들

여인의 등 볼기 부위에서
흐르는 곡선 따라
풍만하고 부드러운 하모니

싱그러운 이파리에
활이 극하게 달리고 있다

병고를 이겨낸 지극한 가족애
-황귀옥 시집 『연리지 되어』 시세계

이혜선

(시인 · 문학박사 · 한국여성문학인회 이사장)

1. 고마운 가족, 고마운 사람들

황귀옥 시인의 첫 시집 『연리지 되어』는 제목 그대로 남편과 가족, 그리고 주변의 고마운 사람들에게 바치는 감사와 사랑의 헌시(獻詩)이다. 황귀옥 시인은 첫딸을 낳고 난 뒤 원인을 알 수 없는 병에 걸려 27년간을 앓았다고 한다. 그 오랜 세월 동안 그녀는 남편의 눈물겨운 간호와 노력, 자라나는 어린 딸의 도움, 그리고 주변의 여러 사람의 고마운 도움과 자신의 굳은 의지로 병을 이겨내고 정상적인 생활을 하게 되었다. 거기 더하여 시인이 되어 그분들의 고마움을 시로 승화시켜 예술로 빛나게 하는 시집을 출간한다.

시인은 오랜 병고를 털고 일어나, 이제 자신 안에만 갇혀있지 않고 주위를 둘러보는 여유를 가지며, 나라와 민족에 대한 의식을 노래하고 있어서 감동을 준다.

필자도 한국문인협회 평생교육원에서 같이 공부하는 중에 그의 지난 사연을 조금씩 알아가면서 감동한 바가 많다.

언제부터인가
병충해를 이기지 못해
죽 한 숟가락 제대로 넘기지 못하고
일으켜 세우고 눕혀
뿌리 줄기 잎사귀 다른 나무에 의탁해
숨을 쉬고 있었다
버릴 수도 없고
그 인연 어디서 왔기에
두 몸이 함께 만나 한 몸이 되었는지

당신에게서 피를 받고 기를 받아
이젠 거대한 나무로 자랐다
한 몸 죽더라도 그 고통 함께 느끼는
무지갯빛 연리지가 되어
함께 꽃잎을 열고 있다
- 「연리지 되어」 부분

황귀옥 시인*은 이제 병고를 이겨내고 '문장대 가는 길섶'에 나란히 서 있는 연리지인 참나무와 소나무처럼

"한 몸 죽더라도 그 고통 함께 느끼는 / 무지갯빛 연리지가" 되어 살고 싶다는 소망을 노래하고 있다. 시인 자신을 의미하는 '다른 나무'가 병충해로 인해 쓰러져 있을 때도 포기하는 일 없이 일으켜 세우고 눕히고, 업고 다니며 병고를 이겨내게 한 남편에 대한 감사와 넘쳐나는 사랑, 더 나아가서 앞으로 함께 꽃을 피우겠다는 다짐과 희망을 노래한다.

*이 시집은 황귀옥 시인의 축약된 인생사가 가감 없이 담겨있는 시집이기에 시 속의 화자를 시적화자, 또는 페르소나(persona)라고 칭하지 않고 그대로 황귀옥 시인으로 칭한다.

물 한 모금 먹지 못하고
한 방울 두 방울 링거에 의지할 때
숨 헐떡거리는 나를
일어나게 한 사람

휠체어를 밀어주고
친정집에 갈 땐
등에 업고 올라갔습니다
강산이 두 번 바뀌도록
참 많이도 업혀 다녔습니다
(중략)
좋다고 하는 곳을 다 찾아다녔습니다
사람들은 말하기를

남편은 성당 가면 예수님
교회 가면 목사님
절에 가면 스님이라고 불렀습니다
속이 숯덩이가 되어도 누구한테
말하지 못했습니다

결혼하기 전에는
대한민국에서 단 한 사람
세계에서조차도 단 한 사람이라고 했던 당신
살아보니 세계에서도 찾아볼 수 없는
하나뿐인 당신입니다
해는 짧고 밤은 깊은데
그 추웠던 밤도 당신이 있어
견뎌내었습니다

이제는 머리에 서리가 내려
살아갈 날도 반환점을 돌았습니다
당신과 함께 환한 등을 잡고
어두운 길을 밝히렵니다
- 「예수님 당신」 부분

물 한 모금 넘기지 못한 사람을 간호하여 일어나게
하고, 휠체어를 밀어주고, 그도 안 될 때는 업어서 나르
고, 얼마나 헌신적이었으면 사람들에게 "예수님, 목사

님, 스님"이라고 불렸겠는가. 속이 숯덩이가 되어도 누구에게 말하지 못하고 혼자 삭이면서 오로지 아내의 병을 낫게 하기 위해 노력한 성자 남편, 가정을 지키기 위해 홀로 벽돌을 쌓고 바람을 막아준 남편, 그래서 시인은 말한다. "세계에서도 하나뿐인 당신", "그 추웠던 밤도 당신이 있어 / 견뎌내었습니다." 이제 함께 병을 이겨낸 두 사람에게는 "환한 등을 잡고 / 어두운 길을 밝히"는 내일의 희망이 기다리고 있다.

눈을 뜨면 아침에 일어나
언니 집에 가는 것이 기뻤다
언니는 식당을 하고 있어서 항상 바빴다
나도 가만히 있느니 마늘이라도 까주면
시간도 잘 가고 밥맛도 날 것 같았다
며칠 마늘을 까고 나니 팔목이 아프더니
온몸으로 번져서 밥숟가락도 못 들었다

남편이 언니 집에 찾아와서
미국으로 발령이 났다면서
나를 어떻게 해야 할지 걱정하더라는 것이다
아픈 동생은 내가 책임을 질 테니
딸 데리고 가서 공부시키고 좋은 사람 만나서
재혼하라고 언니가 권했다

아픈 사람 놓고 가면 벌을 받을 것 같다고
내 복이 이것뿐인데
다른 사람 만난들 복을 받겠느냐고
출세하는 것도 중요하지만 가정이 더 소중하다며
남편은 미국 파견근무를 접었다

나는 일어서기 하루에 3초 이틀 후 6초
드디어 일어설 수 있었다
도마 위에 사과를 놓고
오늘은 반쪽 3일 후 또 반쪽
아픈 손목으로 자르고 깎는 연습 끝에
서걱서걱 깎은 사과를
남편의 식탁에 놓을 수 있었다
새싹이 푸르게 푸르게 자라기 시작했다
- 「가정」 부분

미국으로 발령이 났다고 하니까 언니는 자기 동생 때문에 고생하는 계부가 측은하여 가서 좋은 사람 만나서 재혼하라고 권한다. 그래도 남편은 "출세하는 것도 중요하지만 가정이 더 소중하다며" 미국 파견근무를 접었다. 감동한 아내는 그야말로 뼈를 깎는 노력으로 "일어서기 하루에 3초, 이틀 후에 6초" 이렇게 노력하여 드디어 일어섰다. 뿐만 아니라 "도마 위에 사과를 오늘은 반쪽, 3일 후 또 반쪽" 아픈 손목으로 자르고 깎는 연습을 하여 남편의 식탁 위에 깎은 사과를 놓는 데 성공한다. 드디어 "새싹이 푸르게 자라"듯이 새 생명의 힘이 자라 나오게 된 것이다. 가정과 아내 사랑으로 출세의 길까지 접은 남편의 귀한 마음과 거기에 보답하는 아내의 눈물겨운 노력의 승리라고 하겠다.

매화가 활짝 필 때까지
4살 된 딸아이
나를 휠체어에 태워 다닐 때는
의사 선생님 간호사까지 칭찬을 해주셨다

딸이 초등학교 다닐 때는
엄마가 학교에 한 번도 오지 않아
저녁마다 눈물로 쓴 일기장만도 몇 상자

바싹 마른 나를 우물가에 앉혀 놓고
살만 조금 찌면 최고의 미인이라면서
물을 두레박으로
퍼 올리고 또 퍼 올려주었다

봄바람이 살랑살랑 불어오는데
꽃술을 품은 꽃받침 다섯 개
해맑은 흰 매화가
봐도 예쁘고 또 봐도 참 예쁘다
- 「효녀 심청 딸」 부분

딸을 낳고 나서 엄마가 병이 들었으니 아기도 힘들었을 것이다. 그래서 철이 일찍 들었을 것이다. 4살짜리 딸이 엄마를 휠체어에 태워서 밀고 다니고, 학교에 한 번도 오지 못하는 엄마에게 불평하는 대신에 "저녁마다 눈물로" 일기장에 하소연하는 딸, 그래도 자라면서 엄마에게 위로가 되려고 "살만 조금 찌면 최고의 미인"이라며 위로하고 목욕시켜 주는 딸, "효녀 심청"만큼 효성 지극한 딸에 대한 찬사. 봐도 예쁘고 또 봐도 참 예쁠 수밖에 없다.

- 네가 꼭 일어나야 하는데
- 나아야 할 텐데
땅 꺼지는 한숨 소리가
창문에 안개비로 흘러내린다

- 쌀자루 속에 인삼이 들었다
- 아버지 드시지?
- 네 아버지는 살 만큼 살았다

잔잔한 오월 호수에
거꾸로 얼비치는 격자무늬 시간이
동그랗게 파문을 일으킨다
- 「어머니의 오페라」 부분

시집가서 아이까지 낳은 딸이, 그 아기를 키우지도 못하고 병석에서 일어나지 못하고 있으니 부모의 걱정이 오죽할까. 마음대로 해주지 못하는 한숨만 땅 꺼지게 쉴 수밖에 없다. 그러니 농사지어서 제일 좋은 쌀 골라서 딸에게 보내고, 그 쌀자루 속에 귀하디귀한 인삼까지 넣어서 보낸다. 노쇠한 부모님이 보내는 것에 죄송하여 "아버지 드시지?"하는 딸에게 "네 아버지는 살 만큼 살았다"라는 대답 속에 "젊으나 젊은 것이"하는 어머니의 염려가 숨어 있다. 그래서 화자는 대답을 못 하고 오월 호수에 얼비치는 시간이 일으키는 파문만 아프게 응시할 뿐이다. 앞일을 알 수 없는 시간의 무늬가 '거꾸로' 얼비치고 있으니 그 아픔이 어찌 표현되겠는가.

종합병원을 다 찾아다녀도
더 치료할 수 없다 하고
동네 병원 다 찾아다니며 왕진을
부탁해도 선뜻 아무도 오지 않았어요

남편이 직장 때문에
매일 데려갈 수 없어서 왕진을 부탁하니
이런 분을 도와드려야지 누구를 도와주겠느냐면서
자그마치 만 3년을 무료로 치료해 주셨어요

초등학생 딸이 유리컵에 오렌지 주스를
쟁반에 받쳐 오는 모습을 보고
왕진비를 받을 수가 없다고 하신 한의사 원장님

눈이 오나 비가 오나
대문 현관문 활짝 열어 놓으면
- 누구 계세요?
일주일에 두 번씩 왕진해 주셨고
열이 펄펄 날 때는 수시로 와서
나를 일으켜 앉혀 침을 놓아주셨어요

아픈 사람을 누구든 외면하지 않고
정성껏 고쳐주시니
아무리 멀어도 환자들은 또 찾게 되었지요
오늘도 다리를 질질 끌고 가는 사람
절뚝절뚝 계단을 딛고 올라가는 사람
줄을 잇고 있어요
모두 다 천사 같은 원장님 덕분이지요
-「한의사 장기영 원장님」 부분

시인은 천성이 착해서 그런지 병 때문에 고생하기는
해도 주위에서 도와주는 사람이 많다. 한의원 원장님은
말 그대로 현대사회에서 찾아볼 수 없는 천사 같은 사

람이다. 하루 종일 병원 근무를 끝내고 "날이 어두워질" 무렵, 아파서 움직일 수 없는 사람을 집으로 찾아가서 치료해 주고 침을 놓아주고 왕진비도 받지 않고 3년간이나 치료해 주었다. 그렇게 "아픈 사람은 누구든 외면하지 않고 / 정성껏 고쳐주시니 / 아무리 멀어도 환자들은 또 찾게"되는 것이다. 환자들이 줄을 잇고 있는 것을 보면 적선지가 필유여경(積善之家 必有餘慶)이라는 주역(周易)의 명언이 실현되고 있는 것이다.

성당에 다니려면 성경 공부를 해야 한다
내가 많이 아프다는 소식을 듣고
김주혜 시인이 우리 집에 와서
성경을 가르쳐주었답니다

내가 성경 공부를 하는 동안
딸이 겨울방학 도중
크리스마스카드를 사서 건널목을 건너다
엎친 데 덮친 격으로 난 교통사고

남편은 나를 돌보랴 입원한 딸을 돌보랴
김 시인은 남편이 안쓰럽다면서
남편에게 줄 편지 한 통을 써 보라고 권했습니다

편지를 읽어 보고는 시 공부를

열심히 해서 시인이 되라고 덕담도 주셨습니다
나는 지금까지도 그 끈을 놓치지 않고
아픈 몸을 뒤척이며 한 편의 시를 쓰고 있습니다
나의 죽순이 쑥쑥 자라나기를 기도합니다
- 「봉사하는 시인」 부분

시인이 성경 공부를 하는 동안 딸이 교통사고를 당하고, 남편은 아픈 아내와 입원한 딸을 돌보느라 고생한다. 집에 와서 성경을 가르쳐주던 김주혜 시인이 성경을 공부하는 아내더러 남편에게 편지 쓰기를 권한다. 그녀의 문장력이 김 시인을 감동시켰나 보다. 시인의 눈에 띈 문장력으로 인해 시 공부를 권유받은 시인은 그 후에 시의 끈을 놓지 않고 열심히 공부하여 시인이 되었다. 그녀가 시인이 되었기에 남편과 딸을 비롯해서 고마운 여러 사람을 시 속에서 영원히 사는 사람이 되도록 승화시킬 수 있는 것이다. 그녀의 속에 있는 시재(詩才)를 읽어내고 시 쓰기를 권유해 준 선배 시인과 그 권유를 받아들여 아픈 몸으로도 열심히 노력하는 후배 시인 모두가 아름다운 삶의 무늬를 수놓아 가고 있다. 황귀옥 시인의 죽순이 쑥쑥 자라나고 있다. 조원재 작가의 저서 『삶은 예술로 빛난다』처럼 황 시인은 삶의 체험 하나하나를 시로 승화시켜 예술로 빛나게 하고 있다.

어느 날 현관문을 사르르 열고
천사가 들어왔지요

언제부터 아프기 시작했고
어디가 아프냐면서 나를 일으켜 앉히며
- 어쩌다가 이렇게 되었을까?
쯧쯧 혀를 차면서 온몸을 꾹꾹 누르다가
따뜻한 손으로 꼭 잡아 주었지요

그분의 향기에
레지오 단원들은 일주일에 한 번씩
우리 집에 오게 되었고
나는 성경 공부를 하여 성당에 발을 담그게 되었어요

천사 대모는 새 차를 사서
나를 성당에 태워 다니고
레지오 활동도 같이하게 되었지요
- 「천사 대모」 부분

아파서 외출도 못 하고, 사람들과도 격리되고 소외된
사람을 방문해서 위로해 주고, 성경 공부를 하게 만드
는 사람은 시인의 표현대로 '천사'이다. 거기다가 새 차
를 사서 아픈 사람을 태워서 성당에 다니고 레지오 봉
사활동을 같이 하게 되니, 그를 살게 해준 천사 대모의

향기가 라일락 향기보다 더 진하고 아름다운 것이다.

이처럼 황 시인은 아픔을 통해서 고통도 많았지만 남편과 딸, 부모님을 비롯해서, 주위의 고마운 사람들의 관심과 도움, 그리고 자신의 굳은 의지로 마침내 병마를 털고 일어서게 되는 것이다.

2. 시 쓰기를 통한 승화와 치유

시인은 27년 동안 병마와 싸웠다고 한다. 그러므로 아무리 고마운 사람들이 주위에서 도와주어도 표현하기 힘든 나름대로 고통과 아픔이 많았을 것이다. 다 말할 수는 없어도 그중의 몇 부분만이라도 시로 표현할 수 있다는 것은, 시 쓰기를 통해 아픔을 승화시키며 스스로 자기를 치유할 수 있는 좋은 방법이며 축복받은 일이라 할 것이다.

남편이 출근하면서 평상에 7시쯤
언니 집 식당 앞에 나를 앉혀 놓고 갔다

10시쯤에 식당 문을 여니
평상에 앉아 3시간을 기다려야 했다
보자기에 한약 사과 키위 조금 싸서
그 자리에 매일 앉아 있으니

동네 사람들이 본 것이다

바짝 마른 여자가 남편하고 이혼하고
오갈 데 없는 불쌍한 가녀린 여인
어떤 사람은 엄청 마른 여자가 살만 조금 찌면
데리고 살아도 되겠다고 수군수군

이런 이야기가 언니 귀에 들어가서
몹시 아픈 내 동생이라고 했더니
어쩌다가 저렇게 되었냐고
가족들이 얼마나 고생이 많으냐고
걱정을 많이 해주었다

하루하루 사람을 보는 것이 너무도 기뻤다
내 몸에서도 새싹이 무럭무럭 자라가고 있다
-「가녀린 여인」 부분

새싹이 돋아나는 봄이 되면 만물의 소생과 더불어 오
는 봄기운에, 아파서 혼자 움직일 수 없는 환자에게도
누군가 사람을 만나고 싶고, 어딘가로 가고 싶은 소
망이 생긴다. 소망이 있다는 것은 병이 나아갈 수 있는
여지가 있고 희망이 있는 것이다.
"삭아 / 허름한 대문간에 / 다 늙은 할머니 한 사람
지팡이 내려놓고 / 앉아 지나가는 사람들 / 바라보고

있다 깊고 먼 눈빛으로 사람을 쬐고 있다" 유홍준 시인
의 시 「사람을 쬐다」처럼 사람은 사람을 쬐어야 살 수
있나 보다. 그래서 황귀옥 시인도 말한다. 사람들이 자
신에 대해 뭐라뭐라 말도 안 되는 소리로 수군대어도
사람을 쬐는 일이 기뻤다고. "하루하루 사람을 보는 것
이 너무도 기뻤다 / 내 몸에서도 새싹이 무럭무럭 자라
가고 있다"

새싹이 자라 잎새 잎자루가 형성된다
광합성 작용을 하며 필요한 양분을
만들어 간다

나는 겨우 일어설 수 있어서 목발을 짚고 수영장
에 갔더니
바짝 마른 폐병 환자가 왔다고
쫓아내야 한다고 사람들이 쑥덕쑥덕

마침 나에 대해서 잘 아는 분이
저 사람은 첫 애를 낳고 난 뒤로 아팠다면서
만약 이상이 있으면 자기가 책임을 다 진다고 해서
수영장 소동이 마무리되었다

그 뒷날 딸이 수영장에 찾아와
엄마에게 살뜰하게 살갑게 하는 것을 보고 난 후

수영장 엄마들이 우리 집에 자주 놀러 왔다

우리 집에 간다고 하면
며느리 보고 싶어서 가느냐고
웃음소리가 데굴데굴

푸르게 자란 잎들이 어느 틈새
눈부신 진초록으로 짙어졌다
-「수영장 소동」 전문

"새싹이 자라 잎자루가 형성된다" 발상 부분(기起)에서, 아픈 몸이 나아서 차차 생기를 찾아가는 과정을 자연에 의탁하여 잘 표현하고 있다. 전개와 전환 부분에서 본인의 사연을 조곤조곤 풀어내고 결말 부분에서 다시 자연물을 불러와 아픔이 치유된 후의 생기 넘치는 모습을 묘사하여 수미상관법(首尾相關法)으로 잘 표현하고 있다.

한강 둔치에 잎을 떨군 버드나무가
앙상하게 서 있다

뼈만 남은 여자가 한동안 강아지만 데리고 산책을 한다

아파트 입구 채소 파는 가게에서 채소를 이것저것
물어보고 있던 어느 날
　차 창문을 열며 여보 하고 남편이 불렀다
　나는 손짓을 하면서 얼른 집에 가 있으라고 했다

　다음 날 채소 파는 아줌마는
　남편이 있나 보구려 하며 눈이 휘둥그레

　며칠 후 딸하고 같이 가는 것을 보고
　동글동글 딸도 있나 보네 하며 더 크게 휘둥그레

　뼈만 앙상한 여자가
　강아지를 항상 데리고 다니니
　혼자 사는 여자인 줄 알았는데
　좋은 남편 예쁜 딸이 있는 줄 몰랐다면서
　깜박 속았다고 했다
　　-「뼈만 남은 여자」 부분

　병이 치유된다고 해도 회복 기간이 필요하다. 새싹이
자라 잎자루가 형성되어도 살이 붙고 잎맥이 생겨나고
색깔이 짙어지려면 일정한 시간을 필요로 한다. 시인도
병이 어느 정도 치유된 후에도 평상대로의 몸 상태와
삶을 회복하기에는 시간이 많이 소요되었을 것이다. 그
러한 과정에서 일어나는 주위의 오해와 인정(人情)도 많이 겪었을 것이다. 그중 한 가지 일화를 실감 나게 묘사해 내고 있다. "뼈만 남은 여자도 남편과 딸, 강아지 / 부족한 부분을 채워가면서 알콩달콩 살아가고 있다"는 결말 부분이 독자를 안심하게 한다.

갈매기 무리 지어 날아가다
쉼터에 내려앉는다

부리로 검은 바위를 쪼아가며
실타래처럼 엉킨 지난 일들
하나하나 풀어본다

회오리바람 속에
중심 잃지 않고
푸른 바다 거친 파도 위
힘겹게 날아왔다

노곤한 날개 접고
살랑살랑 꼬리 흔들어 대며

해맑은 날
둥지 틀어 알을 낳아
떼 지어 다시 힘찬 날갯짓 채비하고 있다
- 「갈매기 날갯짓」 전문

쉼터에 내려앉은 갈매기 떼, "부리로 검은 바위를 쪼아가며 / 실타래처럼 엉킨 지난 일들 / 하나하나 풀어본다" 갈매기의 모습을 보면서 시인은 엉키고 무너졌던 자신의 삶을 갈매기의 삶에 치환하여 공감을 얻고 있다. "회오리바람 속에 / 중심 잃지 않고 / 푸른 바다 거친 파도 위 / 힘겹게 날아왔다"는 부분은 그대로 시인의 지나온 삶에 대한 아픈 회상이라고 볼 수 있다. 그래서 시인은 "해 맑은 날 / 둥지 틀어 알을 낳아" 힘찬 날갯짓 채비하는 갈매기 떼에게 자신의 미래의 꿈을 의탁하여 함께 꿈꾸며 날갯짓할 의지를 표현하고 있다.

①정오의 태양을 따라
길을 나서는 날
우레가 우르릉 쾅쾅
함성을 지르고 있다

온몸이 감전되어 뼛속까지 새까맣게
타들어 갈 것 같은
캄캄한 거리

꽃잎 다 떨어진
줄기에 맥박만 간신히 뛰는데

어서 먹구름 밀려가고
쌍무지개 활짝 폈으면
-「우레」 전문

②상처와 고통으로 얼룩진 꽃잎 같은
내 머리카락을 따뜻한 온천물로 헹궈
아침 햇살에 말릴 무렵

까마귀 한 마리가 창가에 다가와
깍깍 어둠을 밀어내고
내 안의 벌레 먹은 검은 꽃잎 하나를
덥석 물고 날아간다
-「휴양지에서」 부분

③운동하면 저렸던 손가락
쥐구멍 들어가듯 쑥 들어간다

심장이 하루에 수만 번 뛸 때
혈관을 타고 여행하는 혈액

두 다리 쭉 뻗어 잠시 스트레칭한 뒤에
붉은피톨 슬금슬금 기어 나와

막히고 얽힌 상처 다독여
막힌 혈관 스르르 풀리듯
시냇물 굽이굽이 흘러가듯
너와 나 연어의 길처럼
물길 하나 살며시 열어졌으면
- 「너와 나의 길」 전문

   우리의 삶은 맑은 날인 줄 알고 길을 나섰다가 소나기를 만나기도 하고, 우레와 우박을 만나기도 한다. 우르릉 쾅쾅 함성 지르는 우레에 타들어 갈 것 같은 캄캄한 거리를 지나오며 꽃잎과 이파리 다 떨구고 "줄기에 맥박만 / 간신히 뛰는" 몸으로 시인은 기원한다. "어서 먹구름 밀려가고 / 쌍무지개 활짝" 피기를. 아픔의 비유적 형상화로 자연물을 활용하여 효과적으로 잘 표현하고 있다. ②에서도 시인은 온천물 속에서 자신의 고통을 해소하는 과정과 함께 남아 있는 아픔과 고통까지도 모두 해소되기를 소망하며 기원한다. ③에서 시인은 고통의 치유와 해소를 위해 적극적으로 운동을 하면서 막히고 얽힌 상처가 치유되고 막힌 혈관이 풀리고 새 물길이 열리기를 기원한다.

3. 새 생명의 향유와 민족의식

삶이란 늘 스스로 새롭게 만들어가는 것이며, 새로운 길을 달리는 데 의미가 있다. 우리는 스스로 자기 삶에 새로운 의미를 부여하며, 단기와 장기로 목표를 설정하고 그곳에 가 닿기 위해 노력하며 걸어간다. 설령 목표한 대로 그곳에 가 닿지 못한다고 하더라도 열심히 노력하는 과정만 해도 충분한 의미가 있는 것이다.

기차는 가슴에
별꽃 안고 달려왔다

자욱한 안개가 앞을 가리고
진눈깨비가 뿌려대는 날에도
줄기차게 달려왔다

간이역에서
나뭇가지가 부러지기도 했고
황금알을 품기도 했는데
별꽃이 떨어지기도 했다

한해가 서서히 기우는 철길 위에
곯은 것은 도려내고
알맹이들만 주섬주섬 주워

밝아오는 날
푸른 꿈을 가득 싣고
레일 위를 또다시 달릴 준비 한다
-「달리는 기차」 전문

　시인은 이제 병고에서 벗어나 자기가 달려온 길을 회
상한다. 간이역에서 가지가 부러지기도 하고 황금알을
품기도 하고 별꽃이 떨어지는 아픔도 있었다. 이제는
기운을 차리고 한 해가 기우는 시간에 "곪은 것은 도려
내고 / 알맹이들만 주섬주섬 주워" 푸른 꿈을 가득 싣
고 레일 위를 달릴 준비를 한다. 살아오는 동안 인생의
화살은 과녁판에 꽂히기도 하고 찢기고 벗어나기도 하
면서 헝클어진 인생행로를 달려왔다. 이제 한 해를 마
무리하면서 새롭게 쏘는 화살은 "과녁판 중앙 / 꿈의
궁전을 향하"(「과녁판」)는 희망을 노래하고 있다.

　고목 나뭇가지 위에
　작은 체구 걸터앉아

　눈길 닿지 않은 곳에서
　물 공기 햇빛과 속삭인다

눈보라가 몰아치고 비바람 불어도
늙은 나무는 부러지지 않고

하얀 꽃잎이 열리고
벌 나비가 찾아오는

꿈 많은 내 빈방에도
그 향기 몰고 오는 어느 봄날
-「풍란」 전문

햇살 가득한
아파트 보도블록 틈 사이
조그만 아기 꽃 하나
두 주먹을 불끈 쥐고
환하게 웃고 있다

도심 속 홀로이 자라나
옷은 온갖 먼지투성이

제 살이 떨어져 나가도
원망스러워서 하지 않고

하얀 솜틀 날개 속에
씨앗을 품고

누군가 만나는 날 그려본다
- 「민들레」 전문

봄날이다. 고목 나뭇가지 위에 걸터앉아서 겨우내 기
척도 없던 풍란이 하얀 꽃잎을 열고 시인의 빈방에 벌
나비를 불러온다. 보도블록 좁은 틈새에서 민들레도 핀
다. 옹색하고 어려운 환경 속에서 제 살이 떨어져 나가
도 원망하지 않고 씨앗을 고이 품었다. 누군가 만나는
날을 그려보는 희망을 품는다. 시인도 봄길을 나선다.
진달래가 온 동산에 길을 내고 손짓하여 봄길을 나서
보지만 시인은 아직도 "꽃과 꽃 사이 찢긴 꽃잎 하나 /
아물지 못하고 싸락눈만 뿌려"대는, 가슴에 피다 만 핏
빛 멍울 하나(「꽃길」)에 눈이 머물고 만다. 그래서 새삼
스레 염려된다. "정녕 나에게도 눈은 녹을 것인지" 그러
나 시인은 씩씩하게 나아간다. 이제 희망은 시인을 떠
나지 않을 것이다. "찬바람이 지나가고 언 땅이 풀리면
/ 바이올린에 맞추어 다친 목울대를 열고 / 꽃향기 뿌
리면서 꽃길을 나설 것이다"(「꽃길」)

붉은 연꽃이 꽃물 머금고
두물머리에 우뚝 서 있다

햇살을 의자에 앉혀 놓을 무렵

장맛비 그친 자리

(중략)

질퍽한 웅덩이에서

악취는 목울대에 차올라도

내색 한 번 하지 않고

동그란 연꽃 피우는

진흙 속 발을 담근 여인

-「진흙 속의 여인」 부분

나무 그늘에

고단한 마음을 툭툭 털어버리고

지난 일들이 송홧가루처럼 내려앉은 오월

열꽃은 펄펄

밤이슬 밥 한술 제대로

떠먹을 수 없을 때

어느새 작은 꽃잎이 자라

제 몸에 향기를 품어 보겠다는

작은 꿈이 있었기에

자줏빛 언어로

송홧가루처럼 하늘에 속삭여 봅니다

-「송홧가루처럼」 전문

황귀옥 시인은 이제 주로 식물, 그중에서도 꽃과 자연물을 객관적 상관물(客觀的 相關物)로 사용해 자신의 생각이나 꿈을 표현하고 있다. 1장과 2장에서 자신의 이야기를 비교적 사실적으로 서술한 것과 달리 꽃이나 자연물, 사물 등에 의탁해 시인의 꿈과 의지, 성격 등을 비유적으로 에둘러서 표현하고 있다. 그만큼 시인에게 아픔이 지나가고 회복되어 정신적으로 여유가 생기면서 시 창작에도 이미지와 상상력을 살리게 된 것으로 생각된다.

　"질퍽한 웅덩이에서 / 악취는 목울대에 차올라도 / 내색 한 번 하지 않고 / 동그란 꽃 피우는 / 진흙 속 발을 담근 여인"에서 연꽃의 묘사, "열꽃은 펄펄 / 밤이슬 밥 한 술 제대로 / 떠먹을 수 없을 때 // 어느새 작은 꽃잎이 자라 / 제 몸에 향기를 품어 보겠다는 / 작은 꿈이 있었기에"(「송홧가루처럼」)처럼 자신의 꿈을 직설적으로 표현하지 않고 오브제(objet)에 의탁해서 표현하는 이미지 살리기 등이 특장점이라고 하겠다. 그래서 시인은 "저마다 제 몸이 보랏빛으로 물들어 / 꽃향기 목에 걸어주는 시간 / 유리창에는 어디서 날아왔는지 / 벌 나비가 기웃대는 / 호접란의 아침"(「호접란」)처럼 친구들과도 향기를 나누는 새로운 아침을 맞이하게 된다.

가슴은 떠오르는 태양처럼 뜨겁고
속살은 붉으면서 달콤합니다
나를 아껴주는 사람에게는
주저하지 않고 나를 내보이기도 합니다

지그재그의 겉모양과는 다르게
개방적이고요
내가 좋아하는 사람을 만나면
붉은 속살도 다 내보이고

세포막 동맥 속에 자맥질하여
수많은 생명이
한 무더기별로 뜬답니다
－「수박」 부분

　이제야 시인은, 자신을 떠나서 시 안에서 말하는 시
적 화자(페르소나)가 된다. '수박'이라는 객관적 상관물
을 통해 태양처럼 뜨겁고, 붉으면서 달콤한 속살, 개방
적인 성격, 활달한 생명력 등을 보여주고 있다. 물론 그
속에는 시적 화자 아닌 시인 자신의 특징 등을 보여주
고 싶은 의도가 내재해 있을 것이다. "수많은 생명이 한
무더기 별로 뜬답니다"라는 결말에서 보듯이 시인은 이
제 병을 이겨내고 새 생명을 향유하고 싶은 욕구에 가

득 차 있다.

그래서 시인은 이제 자신만의 문제에서 벗어나 사회로, 민족의 문제로 눈을 크게 뜰 수 있는 여유를 가진다.

남한강과 북한강이 서로 만나
커다란 유빙이 되어
서해로 흘러가고 있다

반세기가 넘었어도
얼어붙은 하늘은 풀리지 않아
날아가지 못하고
6·25 때 잠시 몸을 피한다는 것이
피맺힌 세월이 흘러
형제 잃은 새 한 마리 되어
자유 전망대에 앉아 울먹이고 있다

북녘땅도
따스한 봄날이 되면 해빙이 되어
백두산 둘레길
굳게 닫힌 철문 활짝 열 것인지
-「해빙」 전문

북녘땅 동포들
칼바람에 벌벌 떠는
앙상한 나뭇가지만 같아

빗장 지른 철조망 덜커덩 열리면
동짓달에도
아버지 무덤에는 새 눈이 돋아
땅속에서 울음소리 들리겠다
- 「겨울에 피는 꽃」 부분

시적 화자는 "형제 잃은 새 한 마리"로 북녘 고향으로 돌아가지 못하는 실향민을 묘사하면서 울먹이는 그의 모습-타자(他者)와 아픔을 함께한다. 시인은 이제 갇혀있던 자신만의 울타리를 벗어나서 타자의 아픔-민족의 아픔을 함께 아파할 수 있는 곡비(哭婢)의 자세, 시인의 사명에 충실한 모습을 보여준다. 「겨울에 피는 꽃」에서도 "북녘땅 동포들"을 "칼바람에 벌벌 떠는 / 앙상한 나뭇가지"로 비유하면서 "빗장 지른 철조망"이 덜커덩 열리기를 기원한다. 「독도여」에서는 국토의 동녘 끝으로 시선을 돌려 "누구도 넘볼 수 없는 우리 땅" 독도를 위해 서로가 힘을 모아 무궁화를 꽃 피우자고 노래한다. 독도를 일컬어 "오천만의 붉은 피가 영원토록 / 끓어오르는 애환의 용광로"라고 노래한다.

이 외에도 황귀옥 시인은, 「아버지의 풍경소리」「아버

지의 거름」「호미 어머니」「목련꽃 어머니」「눈을 밟다」
「훈장 할아버지」「고향집」「수수, 벙글다」 등에서 어머
니 아버지 할아버지, 고향에 대한 찬사와 감사, 그리움
을 노래한 작품을 여러 편 수록하고 있다.

　오랜 병고를 털고 일어나, 자신뿐만 아니라 주위를
둘러보는 여유를 가지며, 나라와 민족에 대한 의식을
노래하기까지 이른 황귀옥 시인의 앞날에 건강과 행복,
좋은 작품이 함께 하기를 기원한다.